Für Bärbi

Claude Wehrli ist ehemaliger Lehrer und Unternehmer, Eisenplastiker, Schauspieler, Gestalter und Schreiberling, Phantast, voller Ideen und Kreativität, Hobbyschreiner für Familie und Freunde. Liebt Citroen 2CV und DS, liebt gar nicht Angeber, Vortäuscher Pseudoschönlinge.

Fräne Stucki ist Lokführer, Privatpilot, Motorradfan, Olivenpflücker in Südfrankreich, begabter Aquarellist und Zeichner, hat alle unsere Oldtimer gemalt. Sagt von sich selber, dass er alles liebt, was Räder hat, ausser den Staubsauger.

Claude Wehrli
Neue und alte
mehr oder weniger böse
Kurzgeschichten

Herstellung und Verlag: BoD – Books on Demand, Norderstedt
ISBN: 9783756223879

Das Alter

Also: alt werden ist eigentlich eine angenehme Einrichtung. Man muss nicht mehr müssen! Man muss kein Handy mehr abnehmen. Man muss keine E-Mails mehr lesen. Die Türe muss man nur öffnen, wenn man Lust hat. Einfach Ruhe! Rundum Ruhe! Herrlich nach den letzten fünfzig Jahren.

Tilo Krummenacher geniesst seinen Ruhestand. Jeden Tag. Und da die Krummenacherin ziemlich jünger ist und noch arbeitet, geniesst er die Ruhe doppelt. Nicht, dass er nicht gern mit ihr zusammen ist, im Gegenteil. Aber so kann er den ganzen Tag die Musik hören, die alle Andern furchtbar finden, er kann auch volle Lautstärke hören. Er kann lesen, wenn er Lust hat. Oder er kann mitten am Tag ein Glas Wein trinken. Nirgends eine hochgezogene Augenbraue oder ein fragender Blick in Sicht. Und was er besonders geniesst, er kann seinen Gedanken nachhängen, plötzlich Dinge begreifen, die er sein ganzes Leben weder verstanden, geschweige denn begriffen hat. Dies betrifft besonders politische Diskussionen. Er liebt Zusammenhänge zwischen Geschichte und Zukunft. Apropos Zukunft: je länger, desto mehr kommen ihm politische Diskussionen im Fernsehen oder Radio eher vor wie eine Sendung von «Basteln mit Gerda Conzetti». Alle wollen etwas, wollen möglichst viel von Allem, wobei die einen ein bisschen dafür, und die, auf der anderen Seite ein bisschen dagegen sind. Manchmal sind die auf der anderen Seite ein bisschen mehr dagegen, aber wenn der Sitznachbar dafür ist, kann man ja auch ein bisschen dafür sein. Und die, die dafür sind, sind dann manchmal auch ein bisschen dagegen und bei der Schlussabstimmung sind sie dann total dagegen. Oder umgekehrt. Aber so funktioniert nun mal Politik. Darum ist es ja so verdammt schwierig, irgendeine nebensächliche Verordnung über Käse zusammen zu basteln. Oder über die Motorfahrzeugsteuer. Oder Bündnerfleisch. Oder über Energie.

Aber Tilo Krummenacher findet es herrlich und spannend, ausser es ist langweilig. Aber er muss nicht mehr müssen. Wobei er sich schon auch Gedanken über die weitere Zukunft macht. Irgendwann wird ja dann wohl Schluss sein. Aber jetzt mal ehrlich: Können sie sich den Tilo Krummenacher vorstellen? Ohne Haare, zwei wackelige Zähne, Mundgeruch, triefende Nase, beige fleckige Strickjacke, gelblich verfärbte Jeans, morgens um

Sieben auf dem Bänkli sitzend und auf den Fressnapf um elf Uhr wartend? Kartoffelstock und Rosenkohl vermüllert! Mmmhhh fein, gudi gudi! Igitt! Und all die Sehnsüchte seines Lebens wie Zärtlichkeit, Verlangen, Gelüste, Leidenschaft, das ewige Suchen nach Liebe sind irgendwann um Mitternacht abhanden gekommen. Am Schluss weiss er nicht mal mehr, ob man Krummenacher mit doppel m schreibt.Können sie sich das vorstellen?

Sorry, der Tilo Krummenacher muss jetzt staubsaugen und den Geschirrspüler ausräumen. Wenn nur das verdammte Kreuz nicht so weh täte. Aber er freut sich auf die Krummenacherin!

Der Roman

Mit vierzig beschloss er, einen Roman zu schreiben, Thema natürlich: Sex, Begierde, Zärtlichkeit, Geselligkeit, andere Mühseligkeiten, vermeintliche Liebe und schliesslich eine tragische Geschichte über eben Diese. Ok, war vielleicht dem Zeitgeist entsprechend und würde heute vermutlich, wenn überhaupt, nur noch in Brockenhäusern zu finden sein. Vielleicht noch in Bibliotheken von alten Männern, oder zwölfjährigen Jungs. Sollte ja auch ein Aufklärungsbuch werden. Wobei er selber auch nach der x. Ehe ums Verrecken kein Frauenversteher geworden war. Aber damals hatte er wenigstens ein bisschen Ahnung. Was seiner Meinung nach reichte für einen so weltbewegenden Roman.

Leider ist, oder Gott sei Dank, nach 218 Seiten sein Haus samt Roman und ein paar andern Kleinigkeiten bis auf die Grundmauern abgebrannt. Traurig! Klar, es gab natürlich keine Schreibmaschine mit Speicher, jedenfalls nicht für sein nicht vorhandenes Budget, was er ja schliesslich mit dem Roman äufnen wollte.

Nuja, danach war er jahrelang mit Bauen, Heiraten und Scheiden beschäftigt. Folglich blieb das Schreiben aus. Seine Pläne, allerdings mit etwas modernisierten Themen. Die blieben irgendwo in seinem etwas gross geratenen Kopf im Dunkel der Fantasie hängen. Bis heute. Nehmen sie mir bitte diese Tatsache nicht übel! Ich versuche my very best!

Die Ente

So wurde und wird eines der wohl unmöglichsten je gebauten Fahrzeuge zärtlich genannt. Eigentlich gar kein Fahrzeug, obwohl es ja fuhr und fährt, schon eher ein Anachronismus. Ein Ding, wo man schlichtweg alles vergessen hatte zu montieren, sogar das, was es noch gar nicht gab, z.b. Navi, Abstandsanzeige, Blinker im Blinker, Steuerradheizung, also lauter unnützes Zeug! Oder errinnern sie sich an Pferdehalfter mit Heizung? Aha, sehen sie! Ja?

Nein es ist heute schlichtweg ein Kultobjekt, und was für eines! Einen Riesenvorteil gibt es allerdings: Die Ente kann nicht kippen. Okay ja, richtige Enten können auch nicht kippen, ausser, wenn sie besoffen sind, das sind sie aber eher selten! Nein, eine Ente kann nicht kippen, auch nicht mit Vollgas um eine rechteckige Kurve. Was heisst Vollgas! Drücken sie mal das Gaspedälchen. Grösse von einem Damenbrieföffner, also drücken sie mal! Nun scheint es, dass die Ente zuerst nachdenken müsste, ob sie heute event. vielleicht Lust hat, jetzt los zu seckeln. Ich weiss, das sagt man nicht, aber wir sind ja hier unter uns! Und überhaupt ist das ja kein Kinderbuch! Dasselbe gilt übrigens auch für die Scheibenwischerchen, die, wenns heftig schifft entweder aus Ärger, dass es Arbeit gibt, einfach wegfliegen, oder aber ist das Motörchen immer am Überlegen ist, ob es noch eine Runde drehen will. Es übrigens empfehlenswert, immer einen grösseren Backstein bei sich zu haben. Weil auf längeren Strecken, also sagen wir mal von hier nach dort, das Gaspedälchen brechen könnte. Also lege ich immer einen Backstein darauf, damit es sich still hält. Zudem muss ich ja vom dritten in den vierten Gang nicht zwischengasen oder zwischenkuppeln. Diesen Gang kann die Ente ohne hebeln und fummeln fast direkt selber einlegen.

Zudem ist der Backstein auch hilfreich, wenn wieder mal ausgerechnet an der dümmsten Stelle das Handbremsseilchen reisst, was es nämlich öfters tut!

Was man tunlichst vermeiden sollte, ist die Einfahrt in eine automatische Waschanlage, weil bei offengebliebenem Rolldach (natürlich aus Versehen) kann das Innere der Ente saumässig schäumen.Gut, wenn sie dann noch ein Modell mit Rostlöchern im Bodenblech haben. Grundsätzlich ist eine Ente schlicht und einfach unkabuttbar. Ja okay, es gibt auch Ausnahmen. Wenn es in flotter Fahrt, also 82 kmh, knallt und es gleichzeitig finster wird, ist wahrscheinlich die Verriegelung der Motorhaube (Ja gibt es auch!) aufgegangen oder abgebrochen. Die Motorhaube knallt auf die Dachkante oberhalb der Frontscheibe und biegt sich rechtwinklig ab! Grundsätzlich nimmt ihnen die Ente beinahe nichts übel! Was natürlich ein Vorteil ist! Ich habe mal eine Ente mit doch zu vielen Rostlöchern mit Schwedentäfer zugetäfert. Hielt ewig.

Also bis zur nächsten Kontrolle. Eine andere Ente habe ich betoniert, was aber die Höchstgeschwindigkeit drastisch auf 32kmh einschränkte und gleichzeitig den Benzinverbrach um 50% erhöhte! Ja nu, alles kann man eben nicht haben! Was die Ente ums Verrecken auch nicht mag, ist, wenn man mit Vollgas über einen Bahnübergang rumpelt. Da hebt sie ab. Und bei der Landung bricht halt die Möblierung auseinander. Ich bin mal auf einer Gemüseharasse nach Südfankreich gefahren, aber da war ich halt noch ein bisschen jünger!

Grüssen sie jede entgegenkommende Ente mit einem freundlichen Lächeln, es könnte ich sein!

Der Kater

Der Kater ist per se eine göttliche Fehlkonstruktion! Zudem ist der Kleber zwischen Carrosserie und Federfell nicht über alle Zweifel erhaben. Weil überall, wo die Dinger herumliegen, und das tun sie meistens, ist alles voller Haare. Und die bringt man fast nicht mehr los. Er wollte seinen Kater schon mal umlackieren, aber seine Frau war leider strikt dagegen und drohte mit Scheidung. Also was jetzt? Ein Leben mit Katzenhaarfedern oder alleine sein? OK, dann nehmen wir halt die Katzenfedern.

Ekelhaft, überall! Obwohl er sich weigert, das Viech auf seinen Schoss zu lassen. Manchmal hat er das Haarzeugs sogar im Mund. Der Teufel weiss warum, woher und wieso! Katzen sind dumm wie Brot, sagte ihm einst ein operierender Tierarzt im Tierspital. Glauben sie nicht? Fragen sie seine Frau, die war dabei. Und nur, weil das Ding sich hat überfahren und nachher für ein paar tausend Franken neu zusammensetzen lassen. Und Haarfedern hat sie nach wie vor fallen lassen. Büschelweise. Das war aber die Schwester vom Kater. Die ärgerte den Futterlieferanten ohnehin täglich, weil sie mehrmals pro Tag ihre Krallen am wunderschönen alten Fichtenschrank vom Grossvater wetzte. Alles brüllen half nichts. Nun ist der Kater alleine, weil seine teuer reparierte Schwester hat sich gleichenorts auch noch einen Suizid geleistet. Es war schliesslich nicht nur eine Träne, die über seine Wangen liefen. Aber das braucht ja niemand zu wissen. Der Kater lebt seither nach dem Prinzip: ichichich! Und wird mit jedem Tag unmöglicher. Und verliert Federn. Büschelweise!Der Futterheranschlepper hat sich mal die Mühe gemacht, eine Statistik zu erstellen. Die sieht für einen durchschnittlichen Arbeitstag des Katers etwa so aus: 38% Fressen, 12% dämliches und zielloses herumlatschen, 11% Menschen belästigen, 14,5% nach Fressen betteln, 52% schlafen, 4% dem Nachbarn ins Rosenbeet scheissen! Zugegeben, das ist etwas über 100%. Nur eben daran können sie sehen, dass bei diesen fehlkonstruierten Viechern alles möglich ist! Kater erziehen? Ein schier unmögliches Unterfangen! Immerhin hat er nach 15 Jahren gelernt, dass Schlafzimmer und Büro tabu sind. Aber das auch erst nach 137 mal brüllen bis fast die Polizei kam. Grösstenteils hält er sich aber daran. Immerhin. Aber das mit dem «Platz» machen kapiert er ums Verrecken nur , wenn er will. Da müssen wir noch üben.

P.S. Hat Jemand unseren Kater gesehen? Belohnung für Hinweise! Schwarz-weiss, aelteres Modell…hört manchmal auf den Namen………

Vielleicht doch gute Freunde

Na, jetzt komm schon! Flüsterte er, beinahe zärtlich. Dazwischen probierte er weiter. Und probierte weiter. Und probierte immer wieder. Das Ding dachte nicht daran auch nur den kleinsten Huster von sich zu geben.Jetzt Himmel Arsch und Zwirn, jetzt kommst du in die Presse du verfluchte Scheisskarre, brüllte er plötzlich und tat einen kräftigen Fusstritt. Gopfertelli, jetzt beweg dich! Erneutes brüllen, und nochmals ein noch kräftigerer Fusstritt. Diesmal mit Anlauf!

Bloss dem Pneu schien das nichts auszumachen. Im Gegensatz zu ihm. Erneutes Brüllen, aber diesmal wegen seiner Zehen, das Brüllen ging allmählich in ein klägliches Wimmern über…..

Er hinkte zum gegenüber liegenden Bord und liess sich ins Gras fallen, was aber allerdings den langsam anschwellenden Zehen keinen grösseren Eindruck machte. Dem getretenen Pneu allerdings auch nicht. Es sah sogar aus, als würde er ihn auslachen. Und da er ein typischer Choleriker war, explodierte er über dem Gedanken beinahe erneut, was aber den inzwischen sicher blau werdenden Zehen anscheinend nicht behagte. Also wimmerte er wieder! Was aber auch nicht half. Weder den Zehen noch der alten Ente. Die hatte offenbar einfach keine Lust auf weitere Flugstunden. Also wieder Pannendienst. Zum vierten Mal diese Woche, dabei war heute erst Mittwoch! Wie immer nahm Herr Braunmüller ab, grinste schon. Jaja, er komme. Dieser verdammte Schönling, rot blond, bot ihm jedesmal an, seinen Depannagerekord neben seinem alten Döschwo zu parken, damit waere er am Morgen jeweilen schneller am Pannenort. Der wieder jammernde Herr Brüllisauer fand das nicht lustig, überhaupt nicht. Aber der rotblonde Schönling von der Depannage eben schon. Die Sache war ein einfach wie immer, ein alter Citroentrick, war schon bei seinem 60jährigen Légère, bei seiner DS so: Vergaser öffnen, zwei Fingerhut Benzin eingiessen, Vergaser schliessen und los geht's. Die alte Deuche hüstelte etwas und beim nächsten Zug lief sie wie eine Swatch Uhr, gleichmässig grummelte sie vor sich: Der Herr Brüllisauer hatte plötzlich zwei Tränen in den Augen und der rotblonde Depannageschönling grinste und verlangte zweihundert Franken. Der Herr Brüllisauer nahm sich zusammen, knurrte etwas, das ich hier leider nicht schreiben kann. Und der wusste in diesem Moment, er muss zum Hausarzt.

Und gleichzeitig übernahm ihn eine unbändige Lust nach Lachs. Na dann los, mit der Ente zur Frau Fischlin am Eck unten am Hafen! Die alte Ente knatterte und schepperte wie immer und der Herr Brüllisauer wusste, dass, wenn das nicht so waere, müsste er sofort anhalten, dann hätte er nämlich etwas verloren, mindestens einen Kotflügel, oder den ganzen Auspuff. Einen Döschwo, der nicht knattert und scheppert gibts nämlich gar nicht. Somit war der Herr Brüllisauer zufrieden und freute sich, trotz der lädierten Zehe, auf Frau Fischlin, bzw. auf den Lachs. Nein danke, er wolle keine Lachsbrötchen, er wolle einfach eine Doppelportion Rauchlachs: Und dann schlemmte er! Und er schlemmte! Und schmatzte! Am liebsten hätte er seiner Ente eine Portion vor den Motor gestellt! Aber, man weiss ja, Enten sind absolute Vegetarier, wenn nicht sogar Veganer!

Nächster Punkt: Hausarzt! Ein netter älterer Herr, ziemlich rund und mit sich zufrieden! Der Herr Dr. Willur schaute sich die Zehe an, grummelte und verschrieb «Still halten, mit der verordneten Creme einschmieren, morgen wieder kommen». Die vier Haare auf dem Kopf, sauber gescheitelt, wackelten ein bisschen.

Mit sich, der Welt und der bald fünfzig Jahre alten Ente zufrieden, jetzt zum Apéro nach Hause! Der Döschwo knatterte und schepperte wie gehabt. In der langegezogenen Rechtskurve ausserhalb des Ortes schoss ein alter, tiefer gelegter Kadett heraus, auf seiner Spur! Genau in diesem Moment platzte mit einem ohrenbetäubenden Knall der rechte Vorderreifen. Die Ente schoss ungefragt rechts die Böschung hinunter, hopperte über einen Kartoffelacker und, weil der Herr Brüllisauer vor Schreck vergass auf irgendein Pedal zu drücken, und zudem die Zehe saumässig wehtat, auch noch über ein abgeerntetes Getreidefeld, wo sie schliesslich mit dem linken Vorderrad einsteckte und abrupt stehen blieb. Knapp nebendran parkte jetzt der viel zu schnelle Kadett, allerding auf dem Dach! Dem

Herr Brüllisauer liefen die Tränen über die Wangen und er umarmte das Steuerrad!

Die feinen Herren

Nun, Herr Dr. Dr. Alvin Luckritz war Mitte der Fünfziger, Halbglatze und auf dem restlichen grossen Kopf keine Haare, Oberlippenschnäuzchen, aus beruflichen und wissenschaftlichen Gründen unverheiratet, aber regelmässiger Besucher im Etablissement «zum roten Steifpfeil» in der abgelegenen Grossstadt. Er hatte sich einen Namen gemacht über seine wissenschaftlichen Arbeiten und Untersuchungen zum Thema «kleinbrüstige Menschen, in erster Linie weibliche Menschen».

Er wohnte alleine in einer Altstadtwohnung und hielt Vorlesungen an der örtlichen Uni, ansonsten unauffällig, fuhr einen alten Golf der ersten Baureihe.

Kürzlich leerte er seinen Briefkasten, wie immer um Punkt zwölf Uhr mittags, und staunte nicht wenig, als er einen Umschlag darin fand, Klappenaufdruck ein unbekanntes Wappen und die Schrift «seit 1468». Da er Reklame grundsätzlich hasste, warf er den Brief ungeöffnet in seinen Altpapierkorb.

Aber genau um 12.26 stach ihn der Hafer, er holte den Brief mit dem Vermerk «seit 1468» aus dem Korb und begann zu lesen:

«Wir beehren uns, Sie zu einem Anlass einzuladen. Wir sind Vertreter der Bruderschaft «vom Löwen seit 1468». Wir sind eine Gemeinschaft von erfolgreichen Unternehmern

und Wissenschaftlern, besuchen gemeinsam Vorträge, Ausstellungen und sind bestrebt, uns dauernd weiter zu bilden. Nächster Treffpunkt ist Dienstag, 31. Februar um 11.42 im Gasthof zum vergoldeten Storchen, ein selbsternannter Gourmettempel. Bitte bestätigen Sie Ihre geschätzte Teilnahme».

Ups, dachte Herr Dr. Dr. Alvin Luckritz. Zwei Tage später meldete er sich an. Allerdings ohne Ahnung, worum es sich handeln könnte.

Sein bestes Hemd war allerdings in die Jahre gekommen, der Kragen etwas abgewetzt, naja, dann trage ich ein Seidentuch dazu, dachte der Doppeldoktor. Und prompt um genau 11.41 am 31. Februar fuhr er seinen schon etwas wackeligen Urgolf auf den grossen Parkplatz. Er staunte nicht schlecht: lauter luxuriöse Benzen und Bänewes! Ups, das kann ja heiter werden und putzte noch schnell seine Schuhe am grossen Windfangvorhang hinter der etwas lädierten Eingangstüre zum vergoldeten Storchen ab. «Herzlich Willkommen Herr Dr. Dr. Lakritz! Entschuldigung: Luckritz! Ja, ja, Herr Dr. Dr. Lackritz! Ich bin ja nicht schwerhörig!» Der Doppeldoktor merkte erst später, dass der zwar nette aber auch ziemlich hörbehinderte Prof. Branntwein fast kein Wort verstand, aber als Präsident der Bruderschaft alles und jedes kommentieren, bzw. kommentbrüllen musste. Logo! Als Präsident!

Im Übrigen rauchten so ziemlich fast alle der anwesenden Herren mehr oder weniger dicke Zigarren. Die Luft stand zum Schneiden.

Um 11.45 brüllte der Professor Branntwein, er habe Hunger, man solle doch die interessanten Gespräche kurz unterbrechen und zu Tische gehen. Dem Herr Dr. Dr. Luckritz wurde ehrenhalber der Platz links vom Professor zugewiesen. Wie sich herausstellte eine ziemlich zweifelhafte Ehre, da ihm der Professor bis um ca. 14.38 ins rechte Ohr brüllte, zudem wurde er zunehmend lauter, da ihm der gereichte Rotwein sehr zusagte. Die, zugegeben ziemlich blonde hübsche Bedienung, hatte alle Hände voll zu tun, einerseits dem Professor permanent den Rotwein nachzufüllen und andererseits gleichzeitig die Spezialität des Hauses, Schildkrötensuppe aus einheimischem biologich-dynamisch angebautem inländischen Hafer, zu servieren.

Um genau 15.28 verabbrüllte der Professor die restliche Bruderschaft. Dass er dann allerdings beim Ausparken mit seinem sechs meterlangen Luxusbenz den Kotflügel vom Pastor Messwein zerstörte, wurde nicht mehr kommentiert.

Um 16.07 mit Brummschädel und lädiertem rechtem Gehörgang kam Herr Dr. Dr. Luckritz wieder in seiner Altbauwohnung an und warf mit Schwung sämtliche mitgegebenen Unterlagen in seinen Altpapierkorb und legte sich mit einem nassen Tuch auf der Stirne hin!

Die Damen

Zunächst hörte er nur irgendein Klopfen, müsste ein Tambourin sein, das irgendwie versuchte einen passenden Rhythmus zu finden......

Dann plötzlich sah er es: Eine Gruppe von Damen, vielleicht zwölf, alle versuchten auf einem Bein zu hopsen, gleichzeitig streckten sie ihre Arme in die Luft, als wollten sie sich eine Wolke herunterholen.

Allerdings schien Jede ihren eigenen Takt zu finden und die Tambourinin versuchte verzweifelt, die Töne und Bewegungen auf ihre wohl eigenen Hopser zu koordinieren, es sah aber nicht eigentlich sehr einheitlich aus.....er ging noch einige Schritte, da stand plötzlich ein Range-Rover seitlich im hohen Gras, ein älteres Modell, wohl aus der Gründungszeit. Allerdings sah er seitlich etwas zerknautscht aus, und jemand schien mit Pinsel und Farbtopf eine ziemlich ähnliche Farbmischung an fast allen vorhandenen Blechteilen aufgebracht zu haben. Er lehnte sich dagegen und hoffte, dass das Urding sein Gewicht halten würde..... die Stimmung faszinierte ihn: Leichter Bodennebel, nasses kniehohes Gras, das immer noch schier verzweifelte Bummern, irgendwie irreal, hoffnungslose Figuren auf einem Bein..... zwischendurch fiel wieder eine der Damen ins hohe Gras, versuchte mit heftig rudernden Armen wieder hoch zu kommen, aber die Nebenstehenden rannten sofort herbei um zu helfen. Er grinste vor sich hin, urkomisch, dachte er. Aber er begriff immer noch nicht, was er sah: Privatarmee? Geheimbund?

Die Damen sahen alle etwa gleich aus.....Tenue zwischen hellpink und dunkelpink, dazu grüne Handschuhe, lange strähnige Haare bis auf die Schulter, und alle schienen schwer als hätten sie vor geschätzten fünfzig Jahren mal während zwei Monaten so etwas wie ein Idealgewicht erlebt.

Und jetzt hopsten sie ziemlich hoffnungslos, aber kräftig im eigenen inneren Takt gegen ihre überflüssigen Pfunde an. Dann plötzlich wurde die Tambourinin befehlend laut, versuchte wohl Ordnung in dieses zugegeben obskure Durcheinander zu bringen. Scheitern vorprogrammiert, er grinste und dachte, da müsst ihr wohl noch etwas üben.....

Und dann sah er es: Ein weisses Papier unter dem Range-Rover, blütenweiss, ein wohl maschinengeschöpftes Etwas, ähnlich Bütenpapier, kunstvoll mit Goldtinte, die aber überall herunterlief, geschmückt. Persönliche Einladung für Frau Dr. Dr. von Gantenbein-von Oberdorf, dipl.

Haustiervisagistin, ihres Zeichens hochgeschätzte Gründungspräsidentin des Vereins für Selbstfindung und Bewegung. Abschlussessen zum einjährigen Bestehen nach warmwerden durch Eigenfindung. Ach so, deswegen hopsen sie auf einem Bein, dachte er. Dann folgte eine, wie ihm schien, seltsame Wegbeschreibung in den hintersten Jura, dicht an die französische Grenze. Anscheinend alles über Nebenwege. Dann eine Liste, wer mit wem fährt. Eine etwas kindliche Beschreibung des alten Gemäuers, eine wortreiche Hymne an die Inhaberin des Gasthofes und die Erwähnung, dass Madame mit 94 noch jeden Tag in der mittelalterlichen Küche stehe und ihre berühmten Kreativgerichte verfeinere, noch nie in den Ferien war und auch keine Lust dazu habe und man sei stolz, dass es nach sorgfältiger Recherche gelungen sei, dieses Kleinod überhaupt zu finden, aber hier seien die Portionen am Grössten und die Preise am Tiefsten. Froschenkel à discrétion aus dem weltberühmten Naturschutzgebiet, herrlich rundum umgeben von der A465, Ernte aus dem letzten Jahr, sorgfältig aufbewahrt, gedünstet in Wildknoblauchsud, übrigens habe Madame den Wildknoblauch in alten Weinfässern vor der Türe kultiviert, serviert mit Brennesselsauce mit Ingwer aus dem Tal der Loire und Käferhonig aus der Gegend um Avignon, zum Nachtisch ebenfalls à discrétion selbst gemachte Meringues und selbstverständlich selbst geschlagenem Rahm. Dann wurde noch erwähnt, dass die Frau Prof. Dr. Klötzlich Wert darauf lege im eigenen Auto und alleine zu fahren. Der alte Käfer sei halt anfällig, aber es seien ja genügend Leute, um gegebenenfalls zu schieben. Wow, dachte er, was für ein Verein und was für ein Futter!

Er zündete sich eine Zigarette an, ging langsam, halt dem Alter entsprechend, zu seinem eigenen Geländewagen. Aber dann musste er sich plötzlich schütteln. Er stellte sich vor, wie sich der alte Range-Rover mit einer Zuladung von geschätzten 600 Kg Lebendgewicht plus Froschschenkeln und Meringues und Schlagsahne wohl nach Hause kämpft. Man sollte das Gewicht besser verteilen, oder am Besten einen Güterzug mieten. Komisch, so dick ist doch der Nebel gar nicht, nur feucht.

Frau Saxer

Frau Saxer war die Inhaberin vom Villard-Laden, dummerweise fast neben dem Schulhaus und dem Pausenplatz. Da konnte man praktisch alles kaufen: Strickwolle, Kaffeebohnen, ganze oder gemahlen, Schuhwichse, Strümpfe. Naja, aber was sollten wir damit in einer halbstündigen Pause anstellen?

Aber Gott sei Dank hatte die Frau Saxer ganz oben im Regal auch noch das, was zweifellos unser Herz begehrte. Eigentlich war das Verlassen des Pausenplatzes beinahe bei Todesstrafe oder doch mindestens einer Stunde Strafsitzen, verboten. Aber die Frau Saxer, bzw. das oberste Regal zog uns magisch an!

Also losten wir bei Pausenbeginn aus, wer einkaufen musste. Der Sepp und ich organisierten das.

Meistens musste der Urs gehen. Weil der Urs war der Grösste und der mit der meisten Erfahrung im Schulwesen, weil er nebst der zweiten auch die dritte Klasse wiederholte, um sicher zu sein, ob er auch wirklich alles verstanden hatte. Sagte er.

Also im obersten Regal lagerten in grossen Gläsern die Kaugummis, Tickis, Carambas, die waren extrem caramelisch! Und himmlisch. Und es gab auch Kikis und die berühmten Fünfermocken.

Nun war eben die Frau Saxer nicht sehr gross geraten, aber immerhin: sagen wir mal mittelgross. Aber das oberste Regal war dennoch zu hoch, also musste die Frau Saxer bei jeder Bestellung ins Hinterzimmer, um das Leiterchen zu holen, hinauf steigen, die vom Urs bestellten zwei Fünfermocken herunterholen, das Leiterchen wieder ins Hinterzimmer stellen, die Bestellung aushändigen und kassieren! Nur dann war sie sicher, dass keiner der frechen Lümmels aus der ersten Bank (ach so, nein!, das ist ja ein Film, sorry), dass also die frechen Jungs nichts klauen konnten. Konnte sie aber nie ganz verhindern, deswegen losten wir meistens den Urs aus, weil der eben grösser als die Frau Saxer war.

So konnten wir in einer Pause locker bis zu zwölf Fünfermocken einkaufen. Also bis die Frau Saxer nicht mehr mochte, das verdammte Leiterchen hin und her zu tragen, und sie zudem den Urs beim Klauen erwischte! Mann, das gab eine Riesensache. Schliesslich musste die halbe Klasse am Samstag Nachmittag den Arrest absitzen!

Übrigens, der Urs war ein Ekel! Immer ein dämliches Grinsen und alle andern der Klasse mit blöden und beleidigenden Sprüchen ärgern. Ich war damals, also dritte Klasse, ziemlich dick und klein, was für den Urs ein Ärgernis war! Das ging so lange, bis ich einmal eine fürchterliche Wut bekam und den Urs von hinten ansprang. Und der war dermassen überrascht, dass ich mich auf seine Brust setzen und ganz bequem verhauen konnte, mein Gewicht war natürlich hilfreich! Jedenfalls scheint es eine fürchterliche Schlacht, etwa wie am Morgarten, gewesen zu sein. Jedenfalls konnten mich zwei herzugeeilte Lehrer kaum vom dämlichen Urs entfernen, und so kam es, dass ich den einen Lehrer mit Schwung in die Magengrube boxte, so dass der brüllend in den Haselzaun raste und laut kotzte!

Aber damals habe ich gelernt, dass es nicht immer Hiebe braucht, um seine Rechte, und vor allem die Ehre, zu verteidigen! Obwohl ich mich noch heute über dem Urs sein zuerst rötliches und nach einigen Tagen bläulich-grünliches Gesicht freue! Vielleicht hat er auch etwas gelernt!

Hühnchen in Kokos-Bananensauce

Ihr graute! Es war wieder mal so weit! Eigentlich war es ein herrlicher Sonntag. Strahlender Himmel. Auf der Terrasse angenehm warm. Gestern fuhr er alleine zum Einkauf. Das verhiess nichts Gutes. Seit Jahren kochte er vier-fünf Mal pro Jahr. Er hielt sich für den wohl begabtesten Koch auf dem westlichen Globus. Den Östlichen kannte er nicht. Sonst hätte er ihn sicher mit einbezogen. Jedesmal dasselbe Prozedere.

Zuerst drehte er das Radio auf dreieinhalbfache Zimmerlautstärke, suchte, wie jedesmal, fluchend Radio Musikwelle. Danach entkorkte er einen Sancerre, Cuvée Prestige 2009. Da in den heutigen Flaschen auch nicht mehr soviel drin war wie früher, öffnete er zur Sicherheit gleich noch eine zweite Flasche. Er setzte sich hin, zündete eine Zigarette an und trank das erste Glas Sancerre, Cuvée Prestige 2009 leer. Er schenkte sich gleich wieder ein und begann sämtliche verfügbaren Töpfe und Pfannen in der ohnehin nicht sehr grossen Küche aufzubauen. Dazu kamen diverse Kellen, Löffel, Schüsseln und Schälchen. Ha, sagte er laut zu sich selber, das ist mal ein Arbeitsplatz! Alle verfügbaren Messer nahm er nach dem dritten Glas Sancerre, Cuvée Prestige 2009, aus den Schubladen.

Nun kam der Kühlschrank dran: Alles was ihm irgendwie verwertbar vorkam, stellte er neben sich auf die Ablage. Poah! Was sind doch alle diese prämierten Sterneköche im Fernsehen für Dumpfbacken und Anfänger. Die machen sich doch nur wichtig. Und damit setzte er sich die neulich gekaufte Kochmütze auf. Dieser Herrmann, dieser Lafer, dieser Lichter, dieser Lecker! Völlig überdreht! Dieser Schuhbecks mit seinem Ingwerfurz! Und damit war das nächste Glas fällig. Er begann die Hühnerbrüste auszupacken, legte sie auf das Schneidbrett. Natürlich suchte er sich das grösste Messer aus und begann fast zeitgleich zu brüllen wie ein Missionar im hundertzwanzig Grad heissen Elefantensud. Sie kannte das: pro gekochtem Hauptgang (Vorspeise und Dessert liess er immer gefliessentlich und weil unnötig weg)brüllte er durchschnittlich fünf Mal.

Sie stand auf und gemeinsam suchten sie die schwere Wunde um diese zu verpflastern. Aber wie beinahe immer fanden sie nichts was zum Verpflastern gewesen wäre. Danach war aber wirklich die nächste Zigarette und das nächste Glas Sancerre, Cuvée Prestige 2009 verdient. Solchermassen gestärkt konnte er ohne weiteren schlimmen Unfall die Hühnerbrüste in Streifen schneiden und in einem halben Liter Sonnenblumenöl anbraten.

Er war guter Dinge, trank ein weiteres Glas und zündete sich eine weitere Zigarette an. Er war mit sich zufrieden, rückte seine Kochmütze zurecht und hielt sich für den wohl begabtesten Koch auf dem westlichen Globus (wie schon erwähnt: den Östlichen kannte er nicht).

Dermassen gestärkt beäugte er die Kokosnuss. Er meinte, er hätte schon mal von einer Sollbruchstelle gehört. Aber wo zum Teufel war die denn? Trotz mehrmaligem Drehen und Wenden und Klopfen und hören und riechen und fluchen, liess sich diese ums Verrecken nicht finden. In der Zwischenzeit spritzte das Öl ziemlich fröhlich ungehindert über Schränke und Türen und Schubladen, verteilte sich fleissig auf dem Boden. Er fluchte ziemlich laut und ziemlich unanständig und zog die heisse Pfanne vom Herd. Und dann brüllte er wieder! Nein! Nicht wie ein Missionar im hundertzwanzig Grad heissen Elefantensud! Nein lauter! Er hatte sich am heissen Öl verbrannt. Er liess sich von ihr die Hand unter den Wasserhahn halten. Dazu zündete er sich erneut eine Zigarette an und füllte sich ein Glas. Da in der Zwischenzeit nebst der Kokosnuss auch alles andere fettig und verspritzt war, entglitt ihm beinahe die leere Flasche. Aus der zweiten Flasche schenkte er sich ein weiteres Glas ein. Zur Stärkung! Jetzt musste schliesslich diese verfluchte Kokosnuss auf! Womit hätte er sonst sein Hühnchen in Kokos-Bananensauce bestreuen sollen?

Mit dem grössten Messer versuchte er nun am oberen Ende der Nuss ein Loch zu bohren. Und dann brüllte er wieder! Erreichte beinahe das hohe C. Mit dem grössten Messer hatte er sich die Pulsschlagader durchschnitten. Ein sauberer Schnitt. Eben wie ein wahrer Meisterkoch. Sie faltete sorgfältig die Zeitung zusammen, nahm ihre Handtasche, eine Louis Vuitton von der Zürcher Bahnhofstrasse, ging hinunter in die Tiefgarage und stieg in ihren Kleinwagen. Dann überlegte sie, stieg wieder aus und stieg in den sehr teuren Geländewagen ihres verstorbenen Mannes. Und sie freute sich auf die neue Küche.

Der Landadel

Graf Johann-Sebastian III. von und zu Blumenstein hatte das Schloss aus dem 18. Jh. von seinem Vater Johann-Sebastian II. geerbt. Das Schloss war zum Teil ziemlich marode und zum Teil heruntergekommen. So war zum Beispiel der frühere Festsaal seit Jahren geschlossen, da das Wasser durch das Dach tropfte und das originale Eichenparkett schon recht gelitten hatte. Dann war da noch Lina, eine einfache aber herzensgute Landfrau aus dem Dorf, die jeden Morgen aufs Schloss kam und den riesigen Holzofen aus der Bauzeit des Schlosses in der Küche einfeuerte, dann ein einfaches aber herrliches Menue kochte, und Willy, das Faktotum, Gärtner, Bediensteter, Feuermacher in den alten Holzöfen und Feuerstellen, Chauffeur für den alten VW Käfer aus den Fünfzigern und überhaupt für alles zuständig. Willy wohnte im alten Gärtnerhaus am andern Ende des Parkes. Beide hatten schon bei Johann-Sebastian II. gedient und waren quasi Bestandteil der damaligen Erbschaft. Genau so wie die schier unendlichen Schulden. Neben ab und zu einer Führung durch das Schloss, hie und da einer Hochzeit, gab es noch die fast zweihundert Jahre alte Fasanenzucht als einzige regelmässige Einnahmequelle. Die Fasane galten in den umliegenden Gastrobetrieben als äusserst zart und besonders schmackhaft. Das lag wohl an den immensen Wiesen um das Schloss. Allerdings war Willy schier täglich daran an den Unterständen und Gehegen irgendetwas zu flicken. Graf Johann fuhr täglich mit seinem Elektrotraktor den fast 500 m langen Gehegen entlang, kontrollierte den Zustand und auch die Ställe und Schlafplätze. Bei Fasanen ist es enorm wichtig, dass Ställe und Schlafplätze strikte getrennt sind. Neben Würmern, Schnecken, Käfern und Beeren brauchen Fasane auch täglich Zusatzfutter, wobei auch hier Fress- und Trinkgefässe separat stehen und jeden Tag gründlich gereinigt werden müssen. Jedenfalls waren der alte Graf und Willy jeweilen den ganzen Vormittag beschäftigt. Nur so legen die wunderschönen Vögel jeweilen 10 bis 16 Eier. Wobei es spannend ist, weil alle Küken eines Geleges zur gleichen Zeit schlüpfen und danach sofort auf grosse Erkundung gehen, also sogenannte Nestflüchter sind. Warum die Gehege am andern Ende des riesigen Parkes damals angelegt wurden, hat seinen Grund: Fasane machen nämlich einen Heidenlärm und geben ziemlich laute Geräusche von sich. Die beiden alten Herren hatten sich aber seit Jahrzehnten daran gewöhnt, zudem hörte Graf Johann eh nicht mehr so gut.

Seit bald zehn Jahren versuchte ein reicher russischer Oligarch die ganze Schlossbesitzung zu kaufen und in ein riesiges Landhotel mit Spa zu bauen. Die lauten Vögel seien nicht mehr zeitgemäss und verschiedene Pools brächten mehr ein. Die zuständigen Behörden und örtlichen Politiker waren schon lange dafür, da die ganze Besitzung historisch nicht besonders wertvoll eingeschätzt wurde. Wie lange sich Graf Johann-Sebastian III. sich noch dagegen wehren kann, weiss niemand.

Benno Gradwohl

Benno Gradwohl ist mitten in der zweiten Lebenshälfte, und das, was man landläufig als Sportmuffel bezeichnet. Alles, was auch nur im Entferntesten nach Sport oder Bewegung aussehen kann, ist ihm zutiefst zuwider und verhasst. Was nach Schweiss und Schnaufen wie ein Dampfross aussieht oder roch, scheint ihm unhygienisch und ungesund. Da er im Moment auf der Zielgeraden zum Übergewicht ist, er zudem in drei Monaten zum dritten Mal eine hübsche junge Frau heiratet, die sehr auf Muskeln und weniger auf Bauch steht, geht der Benno in sich und zum Hausarzt. Der stellte nach kurzem Überblick nicht nur zu hohen Blutdruck, sondern auch eine Tendenz zu Fettleibigkeit fest.

Der seufzende Patient liess sich zu Sport überreden. Das tönt aber wesentlich einfacher, als es ist. Benno Gradwohl braucht jetzt eines: nämlich Bedenkzeit. Bis ein Entscheid gefasst ist, kann er ja weiterhin sein Bier und seinen Wein, sein dick mit Mayo geschmiertes Salamibrot, geniessen. Also allen kleinen Schweinereien frönen. Nur blöd, dass sich die Bemerkungen seiner künftigen Frau in letzter Zeit häuften. Es ist also an der Zeit, sich Laufschuhe zu kaufen. Und eine Woche später nach weiterer Bedenkzeit loszurennen. Allerdings stolperte er bereits nach der ersten Kurve über seinen eigenen Schuhbändel. Dabei verliess er die Schwerkraft und flog in hohem Bogen und Kopf voran auf den geteerten Parkplatz der vereinigten Gemüse AG. Dann lief ihm das Blut in die Augen, seine rechte Schulter schien gebrochen, sein linker Ellbogen schmerzte grauenhaft, und das linke Knie war aufgeschürft, seine teure Trainerhose hing in Fetzen herunter. Benno sah ziemlich erbärmlich aus.

Ein zufällig vorbei fahrender Passant brachte ihn zum Arzt. Also gebrochen ist nur der kleine Finger links, alle anderen Wunden sind in ein paar Wochen verheilt. Allerdings muss die aufgerissene Wunde an der Stirn genäht werden. Und da heisst es, Sport sei gesund! Nach einigen Tagen leiden und sich dem Selbstmitleid hingebend, empfahl ihm sein Freund Marcello sich doch im Tierheim einen Hund auszusuchen, dann könne er doch ganz normal spazieren gehen und sich so den Blutdruck senken. Die Idee gefiel Benno sichtlich und eigentlich gut, man könne es doch mindestens mal versuchen. Und da der Hochzeitstermin unablässig näher rückte, er aber immer noch kein Gramm dünner um den Bauch geworden war, beschloss er mal einen Besuch im städtischen Tierheim. Bereits beim ersten Zwinger schien ein kleiner Hund Sympathie für Benno Gradwohl zu empfinden. Er jaulte, sprang vor Freude am Gitter hoch, rannte hin und her. Ein kleines Schild am Gitter trug den Namen Bruno. Benno war entzückt. Der Hund war mittelgross, völlig unbekanntes Modell in sämtlichen zur Verfügung stehenden Farben. Benno blieb entzückt. Die Tierheimdame war es auch, der geschäftliche Teil war schnell abgewickelt, die passende Leine montiert und Benno mit Hund fuhr zufrieden nach Hause, freute sich auf den ersten Spaziergang. Der Hund jaulte unablässig vor Freude. Kaum zu Hause angekommen, raste der Bruno samt Leine in den Nachbarsgarten wo ein paar Kinder spielten. Bruno japste und jaulte während er fast gleichzeitig ein noch halbes Butterbrot von Jasmin klaute. Ausser Jasmin fanden alle den Bruno herzig und süss. Die kleine Marianne schrie: schau mal, der sieht aus wie mein Teddy! Logisch nach ein paar Nächten und Regen im Sandkasten!

Der heisst auch Paulinchen! Jaja, riefen die andern und der Bruno schien sich zu freuen. Komm Paulinchen! Wo ist das Paulinchen! Ein Geschrei und das Paulinchen jaulte kräftig mit. Eitel Freude und Sonnenschein. Benno Gradwohl machte dem Trubel ein Ende, indem er den vermeintlichen Bruno nach Hause zerrte. Neinnein, er heisst jetzt Paulinchen, schrien die Kinder. Allerdings stellte sich beim nächsten Baum heraus, dass zu einem auf drei Beinen stehenden pissenden Hund dieser Name nicht so recht passen wollte! Ja nu, dann heisst er halt ab jetzt «der Paulinchen». Der Paulinchen schien ein ziemlich lebhafter Hund zu sein. Kaum zu Hause angekommen klaute er eine Banane vom Salontisch, sprang ohne zu zögern auf den Lieblingssessel von Benno. Bevor dieser reagieren und «los runter» brüllen konnte, schien der Paulinchen schon zu schlafen. Fortan liess er sich kaum mehr vom Sessel vertreiben. Kaum eingeschlafen, war er bereits wieder putzmunter und jaulte fröhlich. Das bewog den Benno, den ersten gemeinsamen Spaziergang zu machen, was den Paulinchen zu lauterem Jaulen ermunterte. Die ersten paar Minuten, der Stummelschwanz vom Paulinchen schien nicht mehr still zu stehen, verliefen friedlich und der Benno schien überzeugt, das Richtige getan zu haben. Aber dann, ohne Vorwarnung beschleunigte der Paulinchen von Null auf Einhundert, der Benno flog vornüber, wurde ein paar Meter auf dem Bauch mitgerissen bis er die Leine vom gebrochenen Finger lösen konnte. Dann landete er kopfüber in dem kleinen Bach, der durch die Wiese fliesst. Abwechslungsweise fluchend und jammernd zog er sich auf das Bachbord, setzte sich triefend ins Gras. Da blieb er erst mal schwer schnaufend und seine Wunden betrachtend. Der Finger schien wieder gebrochen, der daneben ebenfalls. Das Knie war auf-, Jacke und Hose komplett zerrissen. Alles tat weh. Die Nase fühlte sich gebrochen an. Der Paulinchen war verschwunden. Das blieb er auch. Der Benno landete im Notfall, wo nach kurzer Zeit und mehreren Spritzen grössere Gipsereiarbeiten anstanden. Benno fühlte sich hundeelend, der Paulinchen blieb trotz Suchaktionen und Inseraten spurlos verschwunden. Der Benno Gradwohl fällte nach ein paar Wochen, und inzwischen wieder ausgegipst, einen zukunftsträchtigen Entscheid: fortan mit halt höherem Blutdruck und mit runderem Bauch zu leben! Erst viele Jahre später fanden Forstarbeiter ein Skelett. Aufgrund einer Hundemarke war schnell klar, um was es sich handelte.

Mathilde Ohnsorg

Die Mathilde Ohnsorg ist vermutlich ein typisches Modell in jeder kleineren oder grösseren Überbauung, dank verdichteter Bauweise offenbar omnipräsent: weiblich, älteres Baujahr, rundlich, graue strähnige, meistens fettige, halblange Haare, manchmal am Hinterkopf zusammengeknotete, noch fettiger scheinende Frisur! Ohne Unterlass schnatternd und scheinbar allwissend. Obwohl Frau Ohnsorg noch nie im Leben ein Fahrzeug besessen hat, wusste sie doch bereits vierzehn Tage nach ihrem Einzug in den dritten Stock ins Haus Nummer achtundzwanzig alle Nummernschilder der geschätzten hundert parkierten Fahrzeuge in der Einstellhalle. Was gehört wem in all den andern Häusern. Wer hat zwei, wer drei und mehr Autos. Welche Fahrzeuge sind relativ neu, wer müsste mal einen Neuen kaufen. Wer parkiert wieder auf dem Gästeparkplatz. Wer und in welchem Haus wohnte anscheinend eine Geliebte, wann wurde sie besucht, wer übernachtete mit welchem Auto bei wem. In welcher Wohnung war nur zum Mittagessen immer derselbe Besuch. Regelmässig. Und welcher Besucher latschte wieder quer durchs Blumenbeet anstatt den längeren und ordentlichen Plattenweg zu benutzen. Mathilde Ohnsorg war äusserst besorgt für Ordnung und Ordnung und Ordnung. Und sie telefonierte oder schrieb der Hauseigentümerin schonungslos jedes Vergehen.

Und sie schrieb gnadenlos A4 Blätter mit Hinweisen, was hier nicht ordnungsgemäss ist. Und alles wurde unter die Scheibenwischer geklemmt. Bei Regen zwei- bis dreimal. Dass die Papiere überall herumlagen, gehörte aber anscheinend nicht zu ihrem Ordnungssinn. In der Zwischenzeit wurden auch noch Besucher zurechtgewiesen. Die Frau Ohnsorg hat schnell herausgefunden wer wen und wann besucht. A4 Blätter ohne Ende! Aber nun ist leider Frau Ohnsorg wieder ausgezogen, angeblich in ein Pflegeheim.

Seither herrscht in der Überbauung ein totales Chaos. Jeder parkt, wo er gerade kann. Gemietete Parkplätze in der Tiefgarage sind laufend durch fremde Fahrzeuge blockiert. Nein, Blödsinn, natürlich nicht! Alles bestens. Auch ohne Mathilde Ohnsorg. Hier leben viele Nationen zusammen. Alles erwachsene Menschen, die wissen, was sich gehört.

Der Standard

I ch habe mir immer wieder geschworen, keine autobiographischen Kurz-
geschichten zu schreiben. Ich will ja meine Leser nicht langweilen, sondern unterhalten. Aber zurück zum Standard. Mit vollem Namen: Standard
fourteen Saloon: ein englisches Auto von 1946. Ich bin kein Autojourna-
list und schreibe vor allem aus meiner sehr frühen Erinnerung. Immerhin
kannte ich mit fünf Jahren jedes Auto. Aber damals hatte jede Marke noch
ihr typisches Gesicht, ihren Charakter, wenn sie so wollen. Aber ehrlich, er-
innern sie sich noch an Marken wie Vauxhall, Hillmann, Wolseley, Swalow,
Panhard, Studebaker, Borgward, DKW, oder eben Standard. Es gäbe noch
viele. Individuelle Marken, ich habe sie geliebt, alle. Die herrlich runden
Formen, oder in den Fünfzigern die grösser werdenden Amerikaner, die
gewaltigen Heckflügel. Der Standard meines Grossvaters war legendär und
verdammt eigensinnig: entweder lief er, oder aber sein Motor war in Obst-
harassen abgefüllt, sauber
  geordnet und angeschrieben. Der Grossvater hat in seinem grossen
Garten extra eine Garage mit Werkstatt gebaut, ein Prachtsbau mit hand-
geschmiedeten grossen Scharnieren und kunstvollen Gittern an den Fens-
tern. Und natürlich einer Putzgrube. Der Standard war nach dem Krieg
1945 eines der ersten erhältlichen Autos. Der spätere Besitzer und Grün-
der der AMAG hat sie in die Schweiz geholt und zunächst einige Offizie-
re der Schweizer Armee damit ausgerüstet. Die Technik erinnert immer
noch an die englischen Kriegsfahrzeuge, hart beim Schalten, geht nur mit
Zwischengas und Zwischenkuppeln, die riesigen Blattfedern lassen keine
Bodenwelle aus und schlagen gnadenlos ins Kreuz. Ab 1948 hat sich Ha-
efner allerdings für die legendären VW-Käfer entschieden, und somit war
die AMAG gegründet, übrigens trotz Skandalen eine Erfolgsgeschichte bis
heute. Standard hat sich mit Swalow zusammengetan, daraus ist dann Ja-
guar mit Standard Motoren entstanden. Die ersten Bezeichnungen hatten
aus diesem Grunde auch noch den Zusatz SS, eben Standard und Swalow.
  Das Auto meines Grossvaters war mausgrau und links-, der Unsrige
war ursprünglich schwarz und ist rechts gesteuert. Irgendein Vorbesitzer
hat ihn in den frühen sechziger Jahren mit einem dicken Malerpinsel auf
violett umgestrichen. Ich habe das Auto Mitte der neunziger Jahre nach lan-
gem Suchen als Hühnerhaus gefunden, eine totale Ruine, Teile fehlten, der

Boden war wegerostet, die Polsterung unter dem noch rudimentären Leder herausgepickt, alles völlig verschmutzt. Aber ich wollte das Auto unbedingt haben. Allerdings stellte sich die Herausforderung als riesiges Abenteuer heraus. Ersatzteile gab es nirgends, das höchste Glück war eine Originale Kühlermaske, die mein Sohn in Neuseeland gefunden hatte. Aber Dutzende Teile mussten von erfahrenen alten Handwerkern hergestellt werden, hunderte von Schrauben mit englischen Gewinden gefertigt werden. Die gesamte Verkabelung war nur noch in ein paar Reststücken vorhanden. Gott sei Dank hat mein langjähriger Freund Garagier Hü einen kompletten Kabelbaum gezeichnet und hergestellt. Wenn ich mich richtig erinnere wurden etwa vier Kilometer Kabel verbaut. Die Hälfte der Karosserie wurde von Hand neu gebaut und verschweisst. Letztendlich ein verrücktes Unterfangen, auch finanziell. Aber nach neun Jahren wurde der Standard, inzwischen mausgrau mit schwarzen Kotflügeln, im ersten Anlauf als Oldtimer geprüft. Übrigens nach unserem Wissensstand der einzige Wagen dieses Typs, der in der Schweiz fest eingelöst ist. Heute fährt mein ältester Sohn mit viel Liebe und Sorgfalt den Standard fourteen Saloon. Kaum mehr vorstellbar, dass mein Grossvater 1946 über fast alle, z. T. noch gekiesten, Pass-Strassen gefahren ist, er am Steuer, meine Grossmama mit zwei Wasserflaschen nebenher, weil das Auto nach jeder Kurve gekocht hat, und gekühlt werden musste.

Ich denke, jeder Maulesel war schneller über den Pass!

Spiegeleier

Scheissdienstag! Ist seit Jahren sein erster Gedanke beim Rasieren. Scheissdienstag! Ist seit Jahren sein erster Gedanke beim Zähneputzen. Nicht etwa, dass der Dienstag generell Scheisse ist! Oh nein! Gar nicht! Vielmehr ist es der Abend! Scheissdienstagabend! Da sie am Mittwoch ihren Waschtag hat, liegt eben nur ein kurzer Abwasch drin. Zudem braucht sie eine gute Stunde um die Wäsche zu sortieren. Zum Überlegen, was in welchem Waschgang und mit welchem Waschmittel in die Maschine muss.

Folglich gibt es seit Jahren zum Abendessen Spiegeleier. Für beide je zwei Stück!

Schnell gemacht. Schnell gegessen. Kurzer Abwasch. Zeit für die Wäsche. Und die Tagesschau. Und den Dienstagskrimi. Die Spiegeleier macht sie ganz passabel. Auf kleiner Hitze die aufgeschlagenen Eier sanft in etwas Olivenöl gleiten lassen. Wenn das Eiweiss aussen zu stocken beginnt mit etwas grobem Meersalz, ganz wenig getrocknete Chiliflocken und frisch gemahlenem schwarzen Pfeffer würzen. Danach noch ein Flöckchen Butter in die Pfanne geben. Schatz, ich habe dir noch etwas Speck dazu gebraten! Sein Grunzen kann man mit etwas gutem Willen durchaus als Danke interpretieren. Sie verziert die servierten Eier mit frisch geschnittener Petersilie und schneidet das Weissbrot in Scheiben. Seit Jahren! Jeden Dienstagabend! Sofort beginnt sie wild entschlossen beide Spiegeleier zu zersäbeln. Sie tunkt Brotstück um Brotstück in die gelbe Pampe und schiebt sie gierig und schon im Voraus laut schmatzend in den Mund. Er schneidet zuerst schön langsam, Stück um Stück, das Eiweiss des einen Eies weg. Stück um Stück. Sehr sorgfältig. Bis nur noch das herrliche unverletzte und innen flüssige Eigelb daliegt. Dieses schiebt er sanft auf die Gabel und komplett ganz in den Mund. Was für ein Gaumengefühl! Den Mund umschmeichelnd. Himmlisch! Dann das zweite Eigelb!

Beinahe noch himmlischer! Er schaut sie kurz an. Eigentlich schade um sie! Die Eipampe rinnt aus ihrem Mundwinkel. Er wird genug Zeit haben.

Kurz vor Beginn der Tagesschau hört er infernalische Schreie, Gerumpel, Brüllen. Stille. Überall liegt Wäsche herum. Keine sortierten Haufen. Ein fürchterliches Chaos. Sie liegt seltsam verkrümmt mitten in der Wäsche. Ein Bein unnatürlich verdreht. Den Kopf nach hinten gerissen. Die glasigen Augen schauen ihn an. Die erbrochene Eipampe vermischt sich langsam mit Blut. Es riecht nach Urin. Sehr vorsichtig steigt er über sie hinweg und löst die kaum sichtbar gespannte Angelschnur auf dem obersten Treppenabsatz. Er ruft seine Freundin an. Sie freut sich, dass er kommt. Sie sagt, dass sie gerade am Kochen sei. Ich bin in zwanzig Minuten da, sagt er und setzt sich ins Auto. Ich weiss, dass du am Dienstagabend gerne zwei Spiegeleier isst, sagt sie, als er zur Türe hereinkommt. Ich schlage sie ganz sorgfältig auf, lasse sie sanft in ein paar Tropfen Olivenöl gleiten. Bei kleiner Hitze langsam braten.

Ich weiss, du liebst es, wenn das Eiweiss anfängt zu stocken, mit Würzen zu beginnen. Ja, sagt er. Etwas grobes Meersalz, ganz wenig getrocknete Chiliflocken und frisch gemahlener schwarzer Pfeffer. Zum Schluss noch ein Flöckchen Butter in die Pfanne geben. Ich mache dir noch etwas gebratenen Speck dazu, sagt sie. Sein Grunzen kann man mit etwas gutem Willen durchaus als Danke interpretieren. Vorsichtig gibt sie die Eier auf die Teller, streut frisch geschnittene Petersilie darüber, reicht ihm das in Scheiben geschnittene Weissbrot dazu. Sogleich fängt sie wild entschlossen an, beide Spiegeleier zu zersäbeln. Sie tunkt Brotstück um Brotstück in die gelbe Pampe und schiebt sie gierig und schon im Voraus laut schmatzend in den Mund. Die Eipampe rinnt aus ihrem Mundwinkel......

Das Sofa

Wie jeden Abend ging der Herr Staub mit seinem Labrador spazieren, nicht weit, der Hund mochte zwar ohne Probleme noch um die halbe Welt, er hingegen schnaufte schon bei der ersten Kurve. Der Hund war sich das gewohnt, schaute aber doch immer zurück um zu sehen, ob der Herr Staub noch folgte. Irgendwie schien er jeden Abend skeptisch. Wie immer ging der Weg über den Werkhof einer Bauunternehmung, und wie immer blieb der Herr Staub bei irgendeiner der herumstehenden Mulden stehen um erstens auszuschnaufen und zweitens hineinzuschauen. Poah schau mal, rief er seinem Hund zu. Den interessierte das aber nicht, weil er jagte grad die Bauunternehmungskatze über das weitläufige Gelände. Kommst du wohl her, brüllte der Herr Staub. Aber den Hund schien das ziemlich gar bis überhaupt nicht zu interessieren. Typisch, knurrte der Herr Staub und wandte sich wieder der Mulde zu, an der er sich immer noch festhielt. Da stand es! Ein braun beiges relativ schäbiges Sofa, schlicht in der Form, seitlich schaute etwas metallisch-mechanisches heraus. Herr Staub schaute und staunte: Das muss ich haben!

Am andern Morgen ging er als erstes, ohne Hund, in die besagte Bauunternehmung und fragte nach dem Sofa. Ha, lachte der Unternehmer, das steht dort, damit wir es mit dem Bagger klein machen können, aber, wenn du willst bringe ich es dir nach Hause. So kam also das Sofa zum Herr Staub, bzw. der Herr Staub zum Sofa! Zufällig kam am Abend ein Freund vorbei, Architekt, Designer, Unternehmer. Schon beim Eintreten rief er: Oh, weisst du, was du hier für einen Schatz hast? Ja klar! Das ist ein Osvaldo Borsani! Ääää, wer ist das, Brotami? Nie gehört! Kunstbanause! B-o-r-s-a-n-i ist ein italienischer Designer, Architekt und Unternehmer. Er hat viele Möbel entworfen, ein Teil ist im Museum of modern Art,

Moma, in New York! Darunter auch dein Sofa. Ein sogenanntes Couchbett, das ist das Modell D70 von 1953, die Polster können um 90 Grad gedreht werden. Sehr kostbar, verkaufst du es mir oder soll ich es dir restaurieren lassen?

So also kam Herr Staub zu seinem kostbaren Sofa, das noch heute in seinem Wohnzimmer steht. Eines der Originale, das mit RAL-rotem feinen Leder bezogen ist! Was die Restauration gekostet hat verschweigt des Sängers Höflichkeit.

Die Frau

Die Frau macht ihn fertig! Sie bringt ihn um! Seit zwanzig Jahren! Nein-nein, nicht was sie denken! Also kein Stechbeitel, kein Schrauben-zier, ohne Rattengift, kein Säbel, ohne Dolch, weder Pistole noch Revolver. Wirklich nicht, aber er könnte verzweifeln. Oder sich die wenigen Haare raufen! Aber es hilft alles nichts! Er muss es, verdammt nochmal, einfach geschehen lassen. Für Gegenwehr gibt es keinen Platz und keine Möglich-keit!

Aber sie hat einfach immer Recht! Fürchterlich! Und sie macht es auf die sanfte Tour. Also ohne Geschrei, nicht mal ein einziges Mal fluchen oder wenigstens ein bisschen gereizt sein! Nichts dergleichen. Zum aus der Haut fahren! Definitiv und ohne Alternative! Wenn er sie zeichnen müsste, reicht eine einzige waagrechte Linie.

Er hingegen versucht sie herauszufordern. Stellt blöde und nutzlose Fragen, so wie: Weisst du eigentlich, wieviele Saiten ein Cello hat? Oder eine Bratsche? Oder: Was denkst du, muss man die SVP als rechtsextrem einstufen? Oder: Weisst du, wann die französische Revolution stattgefun-den hat? Oder die Schlacht bei Sempach? Also lauter Themen, die zum All-gemeinwissen gehören. Weiss ja Jeder.

Aber sie bleibt bei ihrer Taktik, weicht kein Mü ab. Scheint wohl ihre Berufung zu sein. Während er im Internet herumsucht, öffnet sie sanft lä-chelnd ihr Gerät und gibt die Lösung bekannt. Nie überheblich. Er sucht immer noch.

Sie bleibt einfach immer locker, sanftmütig, leise lächelnd, zärtlich, liebevoll, verwöhnend. Zerstört ihn mit Liebe. Jaja, sie lesen richtig! Man kann tatsächlich auch durch Liebe umgebracht werden!

Ohne irgendwelche Zweifel: das funktioniert! Und ist nicht einmal nachweisbar. Also quasi das perfekte Verbrechen. Unverständlich und nicht nach vollziehbar, dass diese Tatsache noch nicht bei den Krimischreiber-lingen angekommen ist. Er ist doch das beste Beispiel.

Zum Schluss noch ein Satz: Er führt ein herrliches Leben! Nur weiss er es manchmal nicht!

Weisswein

Eigentlich fing alles ganz harmlos an. Beinahe langweilig. Durchschnittlich. Unspektakulär. Vier Jungunternehmer mit im Grunde genommen ohne viel Arbeit, aber mit gutem Lohn trafen sich regelmässig zum morgendlichen Kaffee im schwarzen Storchen. Dabei war immer auch Benjamin Keller. Smarter Typ, gross, schlank, unauffällig. Typ Lieblingsschwiegersohn jeder Mutter. Immer genug Geld, Liebhaber von schneeweissen amerikanischen Cabrios. Die «Kaffeepause» zog sich meist dahin, immer öfters bis halb elf. Verschiedene politische Couleurs, öfters hitzige aber friedliche Diskurse. Bis zum Geburtstag von Benjamin. Er lud seine Kumpels zum Apéro ins goldene Lamm ein.

Ein voller Erfolg. Der Weisswein floss in Strömen und Evi, die Bedienung, hatte alle Hände voll zu tun,

immer wieder neue Flaschen zu öffnen. Allerdings gab es einen unschönen Abgang: zwei der Gruppe outeten sich im Laufe des Apéros als Rechtsextreme, verurteilten die EU und sämtliche Ausländer als Schmarotzer und Kriminelle. Sie verliessen die Gruppe vorzeitig, was aber für die beiden zurück gebliebenen eher eine Erleichterung war. Nun, Benjamin öffnete nach diesem ereignisreichen Tag am Abend nochmals eine Flasche, später eine Zweite. Bei diesem Ritual blieb es die nächsten Wochen und Monate. Apéro im goldenen Lamm, zwischenzeitlich mit zwei neuen Kumpels, am Abend ein, zwei Flaschen Weisswein. Dabei blieb es vorerst. Alle waren zufrieden, Benjamin schlief herrlich. Seine Frau, die zunächst ein Glas mittrank, auch. Aber dann wunderte sie sich, Benjamin öffnete am Abend eine dritte Flasche. Trotz geöffnetem Fenster roch es im Schlafzimmer nach Alkohol. Ein paar Wochen später realisierte sie, dass Benjamin regelmässig um Mitternacht aufstand, ins Wohnzimmer ging, fast eine ganze Flasche trank und mehrere Zigaretten rauchte. Das Altglas zum Entsorgen wurde immer mehr. Benjamin fing an, die leeren Flaschen überall mit hin zu nehmen und diese in andern Glascontainern verschwinden zu lassen. Zugleich schien er tagsüber zusehends nervös, fing an zu zittern, suchte immer öfters nach Worten. Nach ein paar weiteren Monaten, es war ein herrlicher Sommermorgen, seine Frau ging wie immer um halb sechs in ihr Badezimmer um zu duschen, begann er zwei, drei Gläser zu trinken. Um den Geruch nach Alkohol zu vertuschen, kaute er Kaugummi. Seine Frau sagte nichts.

Die Tante Melanie

Die Tante Melanie war ziemlich klein und ziemlich rund. Etwa wie Miss Marple, nur etwa 60 Zentimeter kleiner, dafür 60 Zentimeter mehr Umfang. Sie schnaufte ziemlich schnell und ziemlich laut und hatte einen wahnsinnigen Busen, ziemlich bis zum Bauch. Wenn sie zu Besuch kam (und sie kam ziemlich oft), drückte sie uns Buben ganz fest in ihren Busen, so dass einem buchstäblich Hören und Sehen verging. Und dann drückte sie ihre nassen Lippen ganz feste auf unseren Mund. Die Tante Melanie trug immer ein beiges (genau genommen: bahamabeige) Deux Pieces. Beige war ihre absolute Lieblingsfarbe. Ich habe sie nie ohne ihre mordsmässige Handtasche gesehen, in beige (genau genommen: bahamabeige). Die Tante Melanie fuhr einen Nachkriegsolympia, mit Verdeck, in beige (Genau genommen: naja lassen wir das!).....Das Verdeck blieb immer geschlossen. Und das kam so:

Die erste Ausfahrt im offenen Olympia führte direkt in einen Platzregen. Worauf der Vetter Walti (auf den komme ich gleich) die Tante Melanie anfluchte, die Tante Melanie den Vetter Walti anfluchte und schliesslich beide gemeinsam das verklemmte Scheissverdeck an diesem Scheissolympia anfluchten. Was aber nicht viel nützte. Nur der Platzregen nahm zu. Worauf der Vetter Walti den Regenschirm über die Tante Melanie halten musste damit sie in die nächste Garage fahren konnte. Die Tante Melanie schnaufte noch lauter als sonst und sah überhaupt ziemlich zerknautscht aus. Und interessanterweise war die bis anhin schwarzhaarige Tante Melanie ziemlich weisshaarig. Und das beige Deux Piece erstaunlich dunkel. Mit unregelmässigen schwarzen Streifen. Der Vetter Walti musste den gefluteten Olympia rechts aufbocken und links die Türe öffen damit das Wasser auslaufen konnte. Der Vetter Walti war ziemlich dünn, eigentlich fast nur ein Strich. Und er trug grundsätzlich immer einen schwarzen Anzug. Da die Tante Melanie den ganzen Tag redete, kam der Vetter Walti ganz selten zum Reden, d.h. eigentlich sagte er fast gar nie etwas. Er schwieg.

Bei uns musste man vom Parkplatz auf einem Plattenweg um ein breites Rosenbeet herumgehen um zum Hauseingang zu gelangen. Für uns Buben galt beinahe die sofortige Todesstrafe wenn wir es wagten die Abkürzung durch das Rosenbeet zu nehmen. Was für die Tante Melanie natürlich nicht galt. Da die Tante Melanie ziemlich breite Füsse hatte, hinterliess sie im Rosenbeet eine Spur der Verwüstung. Bis mein Vater eines Tages mit Platten eine offizielle Abkürzung baute, den sog. Melanieweg. Allerdings vermied die Tante Melanie den ihr gewidmeten Weg tunlichst, sodass der angerichtete Landschaden beim gleichen Ausmass wie vor dem Bau des Melanieweges blieb. Die Tante Melanie war ziemlich vergesslich. Meistens musste die ganze Familie den Schlüssel für den Olympia suchen helfen. Meistens ist dieser Schlüssel in ihrer mordsmässigen Handtasche verschwunden. Oder er steckte im Olympia (genaugenommen: im bahamabeigen Olympia). Einmal hatte sie sich zum Hände waschen die Ringe, und da sie ziemlich vergesslich war, auch das Gebiss ausgezogen. Dieses allerdings blieb verschwunden. Schliesslich fanden wir Buben es unter dem Wäschekorb im Badezimmer. Und um der Tante Melanie einen Gefallen zu tun, zerdrückten wir mit einer Gabel eine schöne grosse Kellerschnecke und schmierten das Gebiss der Tante Melanie sorgfältig mit dem Schneckenschleim ein. Es sollte schliesslich ganz bequem in den Mund der Tante Melanie gleiten. Was es auch tat. Die Tante Melanie war sehr gerührt und hat uns aus ihrer mordsmässigen Handtasche eine Tafel Cailler Milch (die mit der hellblauen Verpackung) geschenkt. Davon hatte sie immer einen grösseren Vorrat in ihrer mordsmässigen Handtasche. Weil das ihre Lieblingsschoggi war. Allerdings war die Packung schon ziemlich zerknautscht und durchgebrochen. Aber dann bekam die Tante Melanie einen Hustenkrampf und begann zu schäumen. Der Vetter Walti haute ihr auf den Rücken. Worauf das Gebiss der Tante Melanie wie ein Geschoss durch den Garten flog. Vermutlich hatten wir es doch ein wenig zu gut geschmiert. Die Cailler Milch (die mit der hellblauen Verpackung) war leider inzwischen an der Sonne total zerflossen. Um sie wieder ein bisschen knackiger zu machen, mischten wir eine gehörige Menge zerdrückter Schneckenkörner darunter. Und die so wieder aufgefrischte Cailler Milch (die mit der hellblauen Verpackung) fütterten wir den Hühnern vom Herr Häberli. Wow! Was haben die sich gefreut! Das war ein Gepicke und Gerangel!

Allerdings haben wir am andern Tag ziemlich Haue bekommen. Weil in der Nacht die Hühner vom Herr Häberli allesamt verstorben waren. Nun, wir konnten ja schliesslich nicht wissen, dass dem Herr Häberli seine Hühner alle zuckerkrank waren und die Schoggi nicht vertrugen. Das hätte man uns eben sagen müssen.

Wie schon erwähnt, die Tante Melanie war ziemlich rund und ziemlich klein. Und sie hatte einen wahnsinnigen Busen. Was alles zusammen nicht so richtig in den bahamabeigen Olympia passte. Und die Tante Melanie, wenn sie mal im Olympia drin war, eben den Kopf nicht mehr drehen konnte. Zudem hörte sie nicht mehr ganz sauber. Und das wiederum führte dazu, dass der Olympia hinten und auf beiden Seiten deutliche Kampfspuren trug. Das führte wiederum dazu, dass der Vetter Walti hinten am Olympia stehen und sie einweisen musste. Er hat sich dann aber später geweigert diese Lotsendienste zu leisten. Und das kam so: Der Vetter Walti musste die Tante Melanie rückwärts in die Garage einweisen. Die Tante Melanie fuhr also rückwärts. Das Gebrüll vom Vetter Walti musste man im ganzen Aargau gehört haben, als die Tante Melanie mit dem Olympia den Vetter Walti durch die Garagentüre drückte. Vermutlich hätte man dem Vetter Walti sagen müssen, dass er das Tor vorher hätte öffnen müssen. Wir haben dann nach etwa sechs Wochen den Vetter Walti im Spital besucht. Er war ziemlich ruhig und ziemlich eingegibst. Die Tante Melanie war sehr gerührt, hat uns noch nasser geküsst wie sonst und jedem von uns aus ihrer mordsmässigen Handtasche eine Cailler Milch (Sie wissen schon: die mit der hellblauen Verpackung) geschenkt. In der Zwischenzeit konnten wir die hellblauen Dinger nicht mehr sehen und verfütterten sie schon seit längerer Zeit dem Dackel vom Herr Häberli. Dem Lumpi. Komischerweise wurde der immer dicker und streifte bei jeder Bodenwelle den Bauch. Er tat uns leid. Wir haben ihm dann einen Rollschuh untergeschnallt. So konnte er wesentlich schneller den Sandbühl hinunter ins Dorf. Aber das ist wieder eine andere Geschichte.

Eigentlich weiss ich gar nicht, ob die Tante Melanie kochen konnte. Ich erinnere mich nur an einen beigen (genaugenommen: bahamabeigen) Küchenschrank mit oben zwei Glastürchen. Darin konnte man ganze Tonnagen mit Päcklisuppen von Knorr und Maggi sehen. Flädlisuppe. Fidelli mit Fleischkügeli. Bünder Gerstensuppe. Na, vielleicht war das der Grund, warum die Tante Melanie sich immer selber eingeladen hatte. Und das hat sie ziemlich oft getan. Ich widme ihr mit Freude das nächste Rezept. Postum.

Gummibärchen

Nein, damit meine ich jetzt wirklich nicht, die zuckrig-klebrigen Kaudinger in allen Farben! Ich meine jetzt Menschen, die vom Säuglingsalter an Tolpatsche sind! Ja, ehrlich, diejenigen, öfters vorkommenden kleinen Dinger, die ohne Unterlass versuchen, die Schoppenflasche verkehrt herum in den Mund zu schieben. Und die bleiben in der Regel ihr Leben lang so! Ums Verrecken! Und die geben um alles in der Welt, und trotz vieler teuren und unnötigen Kurse nicht auf, sich zu ändern.

Nö, wir sind wie wir sind! Und bleiben auch so!

Tolpatsche erkennt man sofort: Meistens grosser Bauch und Hosenträger, Halbglatze auf dem ganzen Kopf, und die mindestens eine Hand, meistens rechts, verbunden haben. Und wenn nicht, doch wenigstens drei von vier Fingern, auch rechts, verpflastert bekommen haben.

Aber meistens sind sie nicht unsympatisch. Im Gegenteil: unterhaltsam! Weil sie mit Leidenschaft erzählen können!

Tolpatsche sind jene Spezies, die verzweifelt versuchen mit einem Kreuzschraubenzieher einen Nagel einzudrehen. Aber auch jene, die beim rückwärts ausparken verzweifelt und angestrengt nach vorne schauen. Weil alles andere hört man ja! Oder krampfhaft probieren mit einem Schuhlöffel ein Bild im Beton aufzuhängen. Na ja! Unsere Welt ist halt bunt!

In der Küche fallen sie sofort auf, die Gummibärchen. Voller guten Willens setzen sie eine Pfanne Wasser auf. Ziel: Kräutertee! Und dann kochen sie das Wasser so lange, bis es aus der Pfanne verschwunden ist. Tolpatsche halt. Ich kannte mal ein Gummibärchen, das mitten im Gespräch plötzlich mit einem Feuerzeug zwischen Kinn und Lippen herumfummelte, bis ich ihm sagte, er solle doch mal versuchen eine Zigarette zwischen die Lippen stecken. Das tat er dann auch und zog genüsslich daran. Allerdings hatte er nun vergessen, diese Zigi auch anzustecken. Das war übrigens derselbe Freund, der mühsam und schnaufend eine Harasse voller Bücher in seinen alten Kombi in der Tiefgarage schleppte und nach einer kurzen Pause die selbe Harasse wiederum in den dritten Stock hinauf buckelte und sich danach wunderte, dass er kaum noch atmen konnte. Und als seine Partnerin ihn nach ihrer Rückkehr fragte, was er inzwischen gemacht habe, sichtlich stolz und immer noch schwer schnaufend erklärte, er habe endlich die schweren Bücher entsorgt. Ja, Gummibärchen können sehr unterhaltsam sein. Und sie können manchmal ziemlich laut fluchen, wenn sie mit der Nasencreme die Zähne putzen und zwei Tage später die Zahnpasta in die Nase drücken.

Aber grundsätzlich sind Gummibärchen harmlos, selten böse und immer dankbar für Hilfe. Man kann gar nicht anders, als sie zu mögen. Auch wenn sie einem zwischendurch saumässig aufregen. Aber ansonsten meinen sie es unverdrossen gut, bei allem, was sie tun oder aber eben nicht oder verkehrt herum tun! Es leben die Tolpatsche!

Sternerestaurant

Der Dr. Gotthilf Singvogel ist ein absoluter Mozartfan. Dr. Singvogel ist durch Erbschaft Direktor und Minderheitsaktionär einer Kunststoff-Firma mit über 1'000 Mitarbeitern geworden. Seine Mutter, 98, will noch jeden Tag über den Gang der Firma orientiert werden. Logisch, sie besitzt ja auch 98% der Anteile.

Die Villa Singvogel, ebenfalls geerbt, beinhaltet 18 Schlafzimmer, alle mit Bad und komplett auf dem neusten Stand. Zudem mehrere Salons und andere kulturelle Treffpunkte. Garten und Park sind immens. Die Frau Dr. Singvogel, pardon: Frau Direktor Olga Singvogel, geb. Bünzli, zum vierten Mal verheiratet, hat es in kurzer Zeit geschafft, ihr Geburtsgewicht um das 140,57 fache zu erhöhen. Sich nach oben zu futtern, gehört zur Etikette. Schliesslich muss man doch zeigen, wer man ist. Hr. Direktor Singvogel ist vielbeschäftigt, den ganzen Tag herumdirektorlen, im Durchschnitt täglich dreiunddreissig ungelesene Briefe unterzeichnen und delegieren. Wirklich ein schweres Los. Aber wie man dabei 142 kg Lebendgewicht hinkriegt, ist mehr als schleierhaft. Aber er liebt neben Mozart vor allem die Sterneküche. Drei mal pro Woche ist er im vier Könige zu Gast. Ein alter Gastbetrieb, gem. polierter Messingtafel an der Fassade stammt das Haus von 1291, und man erzählt sich, dass die drei Eidgenossen ihren Schwur in dem Gebäude gefeiert haben. Allerdings verschwindet diese Tafel im Überfluss von weiteren, z. T. internationalen Tafeln und Auszeichnungen, so z. B. mehrere Sterne, eine goldene Sonne aus Canberra, mehrere goldene Gabeln aus St. Petersburg, drei goldene Zelte aus Mosambique! Item, Herr Dr. Direktor Gotthilf Singvogel fühlt sich wohl in den vier Königen! Und da die Frau Direktor Olga Singvogel ein absoluter Fan von Tschaikovski, insbesondere der Opern Mazeppa und Iolanta ist, freut sich Herr Direktor Singvogel vor dem Opernbesuch in den vier Königen zu speisen. Der riesige Parkplatz ist wie immer mit jeder Menge Luxuskarossen überstellt, sodass der sieben Meter-Cadillac nicht weiter auffällt.

Das Menue heute scheint interessant zu werden: Nach überschwenglicher Begrüssung und Küssen für Frau Direktor, zum Entrée ein grosser schwarzer Teller mit drei fingernagelgrossen Nocken, bzw. Nöckelchen: einmal grün, eine Mousse vom sibirischen Gross-Spinat, eine weitere rote Nocke: Mousse vom siamesischen Zwillingsbaum, schliesslich eine weisse

Nocke: eine Mousse von der Milch vom männlichen grönländischen Wolljack. Danach ein aserbeidtschanisches Taubenbrüstchen mit arabischen Kartöffelchen im Sud von der Yakmilch. Also wieder einmal ausgesuchte Spezialitäten.

Und jetzt die Oper, Tschaikovski, Iolanta. Zum Einschlafen interessant, pflegt Herr Direktor Dr. Singvogel zu seiner Gattin zu sagen. Und gleichzeitig freut er sich auf ein dickes Salamibrot mit viel Majonnaise, das ihm seine bayrische Haushalthilfe Resi auch noch um halb zwölf schmieren würde. Die Frau Direktor Olga Singvogel hat sich wohlweislich am Nachmittag durch ihren Chauffeur bereits drei Crèmetörtchen kommen lassen. Tschaikovski gibt eben Hunger!

Übrigens habe ich soeben gehört, dass Herr Direktor Dr. Gotthilf Singvogel Vater geworden ist. Mutter sei aber nicht Frau Direktor, sondern die achtzehnjährige Geliebte Alexandra aus Slowenien.

Der Name des Jungen sei Amadeus Gotthilf Olga Singvogel. Dr. wird er vermutlich später.

Uhr und Zeit

Im Grunde genommen ist die Erfindung der Uhr eine Gemeinheit, eine völlig irregeleitete Errungenschaft der Menschheit, ein Teufelszeug! Sie fragen: Warum? Ganz einfach: Jede Minute ihres Lebens wird ihnen vorgetickt, wie vergänglich sie als Mensch sind! Und wer mag schon pausenlos an seine Vergänglichkeit erinnert werden. Also ich nicht. Heute arbeiten schätzungsweise 100'000 Menschen in der Schweiz in der Uhrenindustrie. Millionen von Uhren werden produziert. Logo, jeder Tschaupi hat heute mindestens eine Uhr. Egal ob Pendeluhr, Kaminuhr, Radiowecker, Billiguhr oder sündhaft teure Markenuhr. Und das nur um sicher zu sein, dass sein Ende absehbar ist. Damit nicht genug: An jedem Kirchturm, an jedem Bahnhof, in jedem Auto, überall hängen und stehen diese verdammten Dinger. Unaufhörlich Tik-tak, tik-tak, endlos. Zum verrückt werden! Und die Dinger sind praktisch unkaputtbar, es sei denn, die Batterie ist hinüber oder das mechanische Werk gibt den Geist auf, leider nur selten.

Bei den alten Ägyptern war das alles viel einfacher und übersichtlicher. Die waren offenbar gescheiter. Bereits im 13 Jh. v. Chr. hat man bei den Sumerern in Mesopotamien die erste Sonnenuhr gefunden. Eine geniale Einrichtung. Ohne tik-tak. Und immerhin waren die Dinger bis anfang des 19. Jh. n.Chr. in Betrieb. Ok, ja, die hatten auch noch keine Batterie, die hinüber sein konnte! Muss man schon auch bedenken! Aber, und das ist doch entscheidend: die Menschen wurden nicht dauernd an ihre Vergänglichkeit erinnert. Weil, die Zeit fand ja nur bei Sonnenschein statt. Wenn es tagelang geschifft hat, gabs natürlich keine Zeit, logisch! Das könnte auch ein Grund sein, warum die Menschen im besten Alter mit dreissig, bereits uralt starben. Gut, wenn sie drei Mal am Tag bräteln und dann wochenlang am gleichen Auerochsen herumkauen, werden sie auch nicht alt. Und die medizinische Versorgung steckte noch in den Kinderschuhen, und ausser Blättern und Wurzeln gab es nicht mehr viele Medikamente. Und Globuli waren auch noch nicht erfunden. Aber dafür wurden sie, wie gesagt, nur bei Sonnenschein älter! Genial! Aber Ruhe gabs trotzdem nicht, denn bereits Mitte fünfzehntes Jh. n. Chr. wurden tragbare Klappsonnenuhren erfunden. Ob unsere Vorfahren bereits eine Vorahnung von den kommenden Terminen in der Zukunft hatten? Übrigens dienten Sonnenuhren noch bis zum Beginn des 20. Jh. dazu, die Mittagszeit abzulesen um die noch zu ungenauen mechanischen Uhren zu richten.

Apropos Termine: Mindestens fünfzig Jahre seines Lebens seckelt der moderne Mensch, immer Blick auf die Uhr, irgendwelchen Terminen nach. Treppauf, treppab, Lift rauf, Lift runter, obligates Flirten mit einer Vorzimmerdame, bachnass vom Suchen nach einem Parkplatz, schnaufend wie ein Dampfross, als Letzter ins Sitzungszimmer stürmend. Blick auf die Uhr! Merken, sie haben die falschen Unterlagen eingepackt. Egal, jetzt nur nicht als Depp dastehen, einfach jetzt überall «ja» stimmen! Blick auf die Uhr! Nächster Termin! Und auf diese Weise gehen fünfzig Jahre im Hui vorbei, weil die verdammte Uhr tickt ja unaufhörlich!

Entschuldigen sie jetzt bitte, ich habe keine Zeit mehr zum philosophieren, ich bin gerade am älter werden, die Uhr tickt!